PARCE QUE TU LE *Vaux* BIEN !

UN LIVRE
PLEIN D'AMOUR.
POUR TOI.

DELPHINE AUCLAIR

Pour Selma,

PARCE QUE TU LE VAUX BIEN.

et plus encore !

Caroline

juin 2023

Sommaire :

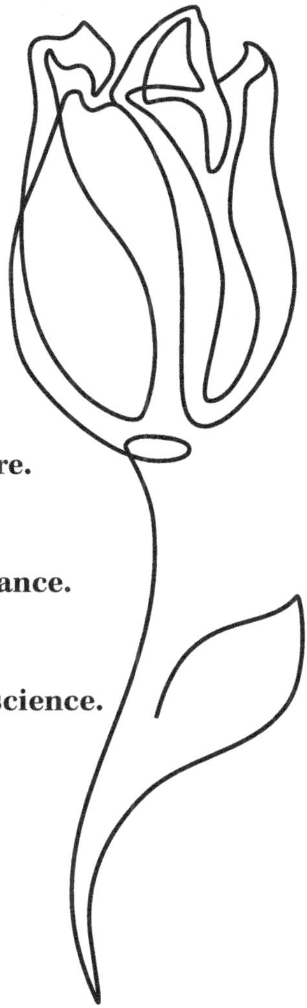

Introduction.

Le monde est rempli de petits et grands obstacles et parfois, tu penseras peut-être que tu ne peux pas les surmonter. Tu ressentiras peut-être beaucoup d'angoisse, ou peut-être que tu douteras de toi-même. Cela arrive à tout le monde de se sentir ainsi de temps en temps. Une vie sans embûches ni problèmes n'existe pas. Car sans le mal, il n'y aurait pas de bien. Même les choses qui nous font peur ou que nous ne souhaitons pas faire, font partie de notre vie. Et derrière une mauvaise expérience, il peut toujours se cacher quelque chose de positif. Ce livre te rappellera que le plus grand bonheur et l'amour le plus profond ne se trouvent pas quelque part dans le monde, ils sont en toi depuis longtemps. C'est pourquoi tu dois être attentif et chérir les petits moments de bonheur de la vie. Ils sont présents, même maintenant.

Ce livre se divise en quatre chapitres : le bonheur, l'amour-propre, la gratitude et la pleine conscience.
A chacun de ces thèmes, tu trouveras une compilation de pensées venues du cœur, de sagesse pratique et de citations, qui poussent à la réflexion et apaisent le cœur. Après chaque histoire, tu trouveras un message important avec des mandalas. Tu peux bien sûr colorier l'image. Si possible, avec plein de couleurs différentes. Ainsi, tu pourras mieux assimiler les messages.

Parfois, il suffit d'une petite inspiration pour avoir de nouvelles idées et revoir ses priorités. La stimulation des pensées par-ci, par-là, t'offre une vraie pause dans ton quotidien tumultueux. Pour un moment de pleine conscience et de calme, lis quelques pages de ce livre.

« Commence tous les matins avec une pensée positive ! »

- Carl Hilty

Chapitre 1 :
Le bonheur.

Le bonheur est un choix.

Plus tu te concentres,
sur ce qui te rend heureux,
moins ce qui n‘est pas là te manquera.
Le bonheur commence avec la gratitude.

« Prendre conscience des bonnes choses que vous avez déjà dans votre vie est le fondement de l‘abondance. »

- Eckhart Tolle

Ne te fais pas de soucis.

Es-tu toujours aussi nerveux quand tu dois organiser une fête ? Tout doit tellement bien se passer, qu'au final, on ne profite pas de l'événement. Le bonheur ne se programme pas, alors prends du recul et ne te fais pas de soucis. Être avec les gens qu'on aime est bien plus important que de tout faire parfaitement.

« Il n'y a rien de mal à se fixer des objectifs, tant que cela ne vous empêche pas de prendre des détours intéressants. »

- Mark Twain

Reste à tes côtés.

Plus tu es près de toi-même, plus facilement tu pourras trouver le bonheur. Ainsi, tu prends presque automatiquement les décisions qui te conviennent, à toi et à ta vie, et ne te soucis pas de ce que les autres en pensent.

« Le bonheur n'est pas de pouvoir faire ce que tu veux, mais de toujours vouloir faire ce que tu fais. »

- Tolstoi

Remplis ta vie de ce qui te rend heureux.

Ta vie est le total de pleins de petites histoires. Chaque jour est une nouvelle chance de rajouter plus d'histoires. Cherche à rassembler autant d'histoires incroyables que tu le peux .

« Les choses les plus importantes de la vie ne sont pas des choses. »

La meilleure chose qu'on puisse offrir, c'est de l'attention.

Ton cœur rit, quand les gens que tu aimes sont heureux. Fais en sorte que tes proches se sentent vus et entendus. En leur accordant toute ton attention et en instaurant une vraie proximité, tu les rends heureux et tu le seras aussi.

« Un cœur heureux est la vie de l'homme et sa joie prolonge sa vie. »

- De Jésus Ben Sira 30,22

Ne prends pas tout personnellement.

Tout ce qui te blesse ou te met en colère n'a pas forcément de lien avec toi. Quand quelqu'un ne te rappelle pas, a des mots maladroits, ou arrive en retard à un rendez-vous, ce n'est pas forcément de ta faute. La personne est peut-être très stressée, ou peut-être qu'elle a d'autres problèmes.

« La gentillesse, l'indulgence et la considération sont les clés du cœur de l'homme. »

- Don Bosco

Essaie de pardonner aux gens qui t'ont fait du mal.

Pas forcément pour eux, mais pour toi. Tu t'en sentiras plus léger. Aussi, quand tu as vécu de mauvaises expériences, elles font partie de ta vie, elles t'ont fait grandir, et elles ont fait de toi la personne que tu es aujourd'hui.

« La bonheur surgit quand tu te concentres sur la beauté et la bonté. »

Ne te compare pas tout le temps aux autres.

Il peut y avoir de la jalousie, si tu penses que quelqu'un d'autre a plus de choses que toi. Il peut même y avoir de l'arrogance, si tu méprises les gens qui ont moins que toi. Aucun des deux ne te rendra heureux, mais cela encombrera tes pensées et tes relations avec les autres. Pour cette raison, il est souvent recommandé de moins aller sur les réseaux sociaux. Il y a beaucoup d'images téléversées, par exemple sur Facebook, Instagram etc... qui invitent à la jalousie. Ces images ne montrent souvent que la meilleure face de la vie.

« La jalousie est l'habitude de compter les réussites des autres plutôt que les nôtres. »

- Ernst von Feuchtersleben

Ton bonheur réside en toi.

Chercher le bonheur à l'extérieur ne fonctionne pas. Ne laisse ton bonheur dépendre de rien ni personne. N'attends pas qu'un miracle se produise tout de suite, que tu obtiennes une augmentation, que tu gagnes au loto, ou que le partenaire de tes rêves se tienne derrière la porte. Le vrai bonheur vient de l'intérieur, et c'est d'abord à toi que revient la responsabilité d'aller bien.

« Jamais heureux celui qui court après ce qu'il n'a pas et oublie ce qu'il a. »

- Shakespeare

Non.

Apprends aussi à dire « non », quand c'est trop pour toi. Les vrais amis le comprendront.

« Il n'y a pas de moment dans notre vie où l'on ne pourrait pas emprunter un nouveau chemin. »
- Charles de Foucauld

C'est TA vie.

Prends tes propres décisions et fais ce qui TE rend heureux. Tiens bon ! Tu seras plus heureux si tu apprends à t'aimer et t'accepter, peu importe s'il y a des gens à qui cela déplaît.

« Donne une chance à chaque jour d'être le plus beau de ta vie. »

- Mark Twain

Écoute ton cœur.

Parfois, j'ai envie de célébrer la vie avec pleins d'autres personnes. D'autres fois, je préfère être seul et profiter du calme. On trouve le bonheur en écoutant son cœur. Qu'est-ce qui te rend heureux ?

« Aussi longtemps qu'on rêve, on ne vieillit pas. Que serait le cœur de l'homme sans les rêves. »
- Lucy Maud Montgomery

Chapitre 1 : Le bonheur

« On n'a droit qu'à autant de joie et de bonheur que l'on en accorde soi-même ».

- Ernst Freiherr de Feuchtersleben

Ne te fais pas de soucis.

C'est bien d'avoir un plan et d'être préparé pour toutes les situations. Cependant, se soucier de l'avenir peut rendre malheureux. Aucun de nous ne sait ce que nous réserve demain, il est donc inutile de se prendre la tête dès aujourd'hui. Beaucoup de choses sont imprévisibles et doivent se faire spontanément.

« Beaucoup de gens manquent ce petit bonheur parce qu'ils attendent en vain le grand. »

- Pearl S. Buck

On ne peut pas faire plaisir à tout le monde.

De toute façon, faire plaisir à tout le monde ne fonctionne pas. De plus, tes propres besoins sont mis de côté. Tu n'es pas responsable du bonheur des autres, et tu ne peux pas non plus tout faire et laisser faire.

« Les fers à cheval portent-ils vraiment chance ? J'en doute – j'ai déjà vu beaucoup de chevaux malheureux. »

- Pearl S. Buck

Le bonheur est ici et maintenant.

On n'a pas besoin de faire des listes pour être heureux. Ouvre les yeux sur toute la beauté qui existe déjà. On ne trouve pas le bonheur dans l'avenir, mais ici et maintenant.

« Je suis convaincu que le but de la vie est d'être heureux... Au fond de nous, nous aspirons simplement à la satisfaction. Je ne sais pas si l'univers, avec ses innombrables galaxies, étoiles et planètes, a un but particulier, mais au moins une chose est claire : nous, les humains qui vivons sur cette Terre, nous devons vivre heureux. »

- Dalai Lama

(Source : Le Sens de la Vie).

Prends le temps

d'être sympathique, c'est la porte du bonheur.

Prends le temps

de rêver, c'est le chemin vers les étoiles.

Prends le temps

d'aimer, c'est la vraie joie de vivre.

Prends le temps

d'être heureux, c'est la musique de l'âme.

- Proverbe irlandais.

Sois toi-même.

Chacun d'entre nous a l'habitude de projeter une certaine image de soi à l'extérieur. Nous voulons être perçus d'une certaine manière. Les problèmes surgissent lorsque nous nous plions en deux et agissons à l'encontre de nos souhaits ou de nos convictions, juste parce que quelqu'un attend peut-être cela de notre part.

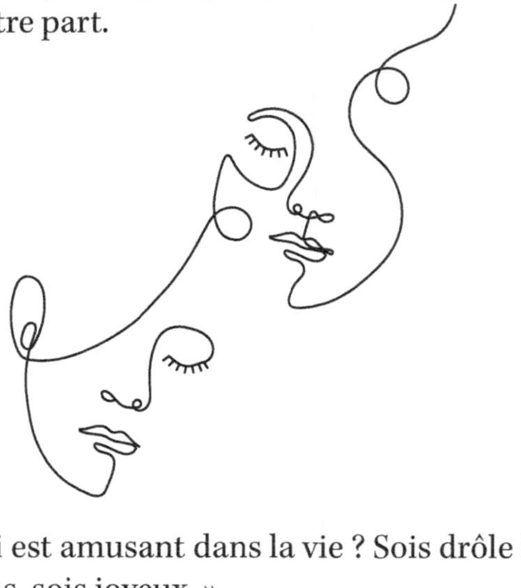

« Tu sais ce qui est amusant dans la vie ? Sois drôle ! Si cela ne va pas, sois joyeux. »
- Johann Wolfgang von Goethe

J'ai de la chance.

Je reste moi-même.

Je suis heureux.

Chapitre 2 : L'amour propre.

Aime-toi toi-même.

La relation amoureuse la plus importante de ta vie est avec toi-même. L'amour propre n'a rien à voir avec l'égoïsme – au contraire : tu ne peux être fort pour les autres que si tu prends soin de toi-même. En entraînant ton amour propre, tu apportes de la force intérieure et un équilibre émotionnel dans ta vie.

« L'âme n'est pas là où elle vit, mais là où elle aime. »
- Jean de la Croix

Offre-toi l'amour de soi.

Aux personnes que nous aimons, nous offr ons des fl eurs, faisons des compliments ou organisons des moments particuliers. Mais qu'en est-il de l'amour que nous nous portons à nous-mêmes ? S'aimer soi-même, c'est se traiter soi-même avec le respect et l'estime que tu accordes tout naturellement à ceux que tu aimes.

« La beauté commence au moment où
au moment où tu décides d'être toi-même. »

- Coco Chanel

L'amour propre est compréhensible.

A la différence des sentiments inconscients et spontanés, comme la colère, le dégoût ou le stress, l'amour de soi est un sentiment fondamental tout au long de la vie. C'est une attitude sur laquelle nous pouvons exercer une influence et que nous pouvons nous approprier avec de la pratique.

« Une fois qu'on s'est trouvé, on ne peut plus rien perdre de ce monde. Celui qui se comprend lui-même, comprend tout le monde. »

- Stefan Zweig

« Soyez vous-même.

Le monde vénère les originaux. »

- Ingrid Bergman

Fais-toi plaisir.

En te faisant des petits cadeaux à toi-même, tu recharges tes batteries. Après une période difficile, récompense-toi avec de belles choses qui te font plaisir. Tu l'as mérité !

« On ne voit bien qu'avec le cœur. L'essentiel est invisible pour les yeux. »
- Antoine de Saint-Exupéry

Tu es assez.

Restes à tes côtés, c'est ce qui fait que tu es toi.
Si tu es en paix avec toi-même, les autres le sentiront aussi.

« On ne peut pas se connaître, si on ne s'aime pas. Et seul l'amour nous fait découvrir plus profondément qui nous sommes. »

- Anselm Grün

Tu es exceptionnel.

Personne n'a tes empreintes.
Personne n'a ta voix.
Personne n'a ton histoire.
Personne ne ressent le même
chagrin, le même bonheur que toi.
Personne n'est comme toi.
Personne dans ton pays,
sur ton continent, sur cette planète,
dans la galaxie.
Personne, parce que tu es unique.

« Laisse tomber l'idée de devenir quelqu'un – tu es déjà un chef-d'œuvre. Tu ne peux pas être amélioré. Tu dois juste le reconnaître, l'accepter. »

- Osho

Parle-toi avec amour.

Ne laisse personne te dire que tu n'as pas mérité d'être heureux. Surtout pas toi-même. Parle-toi bien. Parle avec toi-même comme avec une personne que tu aimes. Tu l'as mérité.

« L'amour est une maladie incurable. Mais celui qui en est atteint n'a pas besoin d'être soigné, et celui qui en souffre ne souhaite pas être en bonne santé. »
- Ibn Hazm

Traite-toi comme ton meilleur ami.

Quand ton amie fait une erreur, montre-lui de la compréhension et ne lui en veut pas.

Quand ton amie traverse un mauvais jour, réconforte-la et n'attend pas d'elle qu'elle se ressaisisse.

Quand ton amie n'est pas satisfaite d'elle-même, essaie de lui ouvrir les yeux sur ses qualités.

Renforce ton amour propre en te disant ce que tu aimes chez toi.

« Si nous voulons vivre en paix, la paix doit venir de nous-mêmes. »

- Jean-Jacques Rousseau

Dis-toi oui.

S'accepter et s'aimer avec toutes nos forces et faiblesses donne beaucoup de force et est incroyablement libérateur.

« Deux choses confèrent à l'âme la plus grande force : la confiance en la vérité et la confiance en soi. »

- Sénèque

Visualiser.

Ne perds pas de vue ce que tu veux accomplir et ce qui compte pour toi. Les objectifs des autres sont-ils vraiment ce que tu veux pour ta vie ?

« Nous sommes ce que nous pensons. Tout ce que nous sommes se crée dans nos pensées. Avec nos pensées, nous formons le monde. »

- Bouddha

Rien ni personne n'est parfait.

Être une personne, c'estavoir des imperfections. Pour ce faire, on récolte des louanges et des félicitations, mais aussi des critiques de temps en temps. Utilise-les de manière constructive et reste calme.

« Sois l'édition de luxe de toi-même, pas la seconde main de quelqu'un. »

- Judy Garland

« Celui qui veut rester fidèle à lui-même ne peut pas toujours être fidèle aux autres. »

- Christian Morgenstern

Chapitre 2 : L'amour propre

Au-dessus de la porte du monde antique,
il y avait écrit : « reconnais-toi toi-même. »
Au-dessus de la porte de notre nouveau monde,
il devrait y avoir écrit : « Sois toi-même. »

- Oscar Wilde

Prends soin de toi.

Sois celle que tu es.
Sois celui que tu es.
C'est là, et seulement là
Que tu commences à devenir,
Ce que tu souhaites être.

« Sois toi-même ! Tous les autres sont déjà pris. »
- Oscar Wilde

Changement.

Parce que tu es sur la route, ton changement aussi t'appartient. Il est aussi unique. Tu es ce que tu seras.

« Où que tu ailles, va de tout ton cœur. »
- Confucius.

Ne te cache pas.

Chacun d'entre nous possède de nombreuses qualités qui valent la peine d'être portées à l'extérieur.

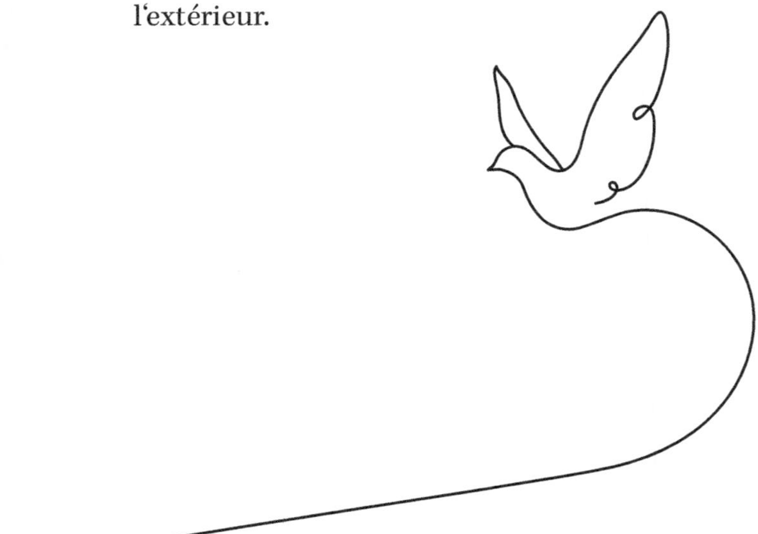

« La grandeur n'est pas d'être ceci ou cela, mais d'être soi-même. »

- Soren Kierkegaard

« Vivre léger sans frivolité,
être serein sans être exubérant,
avoir du courage sans
excès de confiance -
c'est l'art de vivre. »

- Theodor Fontane

Sois fidèle à toi-même.

Ou préfères-tu faire
Comme si tu étais l'ami de tous,
et ce faisant,
perdre l'amitié avec toi-même ?

« Soyez un peu plus vous-même, et beaucoup moins comme eux. »

- Madalyn Beck

Je m'aime moi-même.

Je suis aimable.

Je suis
bien suffisant.

Chapitre 3 :
La gratitude.

On n'a pas besoin de beaucoup pour être reconnaissant.

Il existe des gens qui possèdent peu, mais qui sont tout de même reconnaissants. Des gens qui ne se plaignent pas, et qui voient toujours la bonté et la beauté. Il y a tellement de choses pour lesquelles on peut être reconnaissant. Pour quoi es-tu reconnaissant ? Souvent, le soir, j'écris des choses dont je suis reconnaissant. Ainsi, je me rends compte de ce que cette journée a apporté de bon.
Prends le temps d'être reconnaissant.

« Tu ne perds rien quand tu allumes la bougie de quelqu'un d'autre avec la tienne. »

- Proverbe danois

La reconnaissance est contagieuse.

Tu as certainement déjà remarqué que lorsque tu es de bonne humeur, cela se répercute sur les autres. Il en va de même pour la gratitude. En exprimant ta gratitude, tu l'éveilles chez les autres.

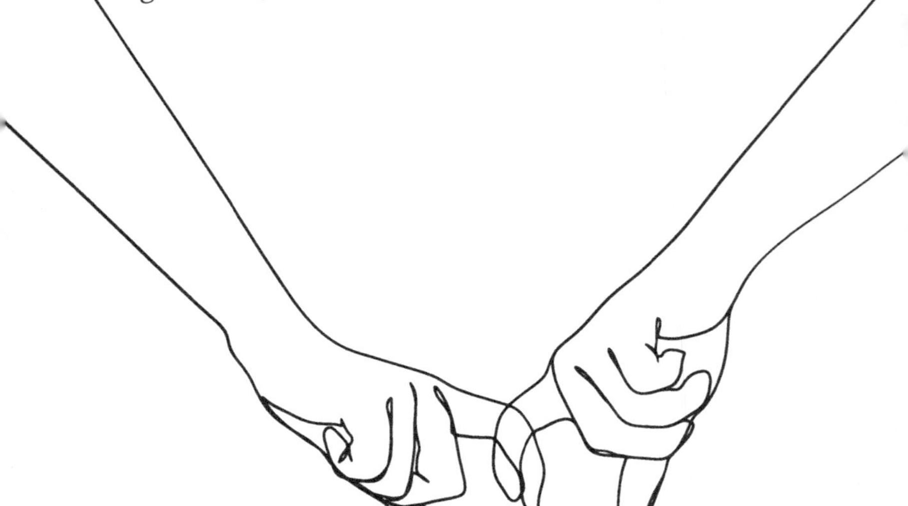

« La reconnaissance est la plus belle des fleurs, qui prend sa source dans l'âme. »

- Henry Ward Beecher

Laisse tomber.

Ne te soucie pas des choses sur lesquelles tu n'as aucune influence et que tu ne peux changer.
Sois reconnaissant pour celles que tu peux contrôler.
Cela rend heureux et libre.

« Sois reconnaissant pour la moindre des choses, et tu seras digne de recevoir plus grand. »
- Thomas a Kempis

Dis aux autres que tu leur es reconnaissant.

Quand j'étais encore jeune, j'exprimais à peine ma reconnaissance, car je pensais que les autres savaient déjà que je leur étais reconnaissant. Aujourd'hui, je sais à quel point il est important de l'exprimer et à quel point cela peut rendre quelqu'un heureux de l'entendre. Combien de fois as-tu exprimé ta reconnaissance auprès des gens ?

« Beaucoup de malentendus résident dans le fait qu'un merci n'a pas été dit, juste ressenti. »

- Ernst R. Hauschka

On peut aussi être reconnaissant de ce qui n'est plus là.

Je suis triste que ma grand-mère soit partie avant nous, mais aussi incroyablement reconnaissant car elle était une femme formidable qui m'a beaucoup apporté. Es-tu aussi reconnaissant parfois, pour quelque chose qui n'est plus là ?

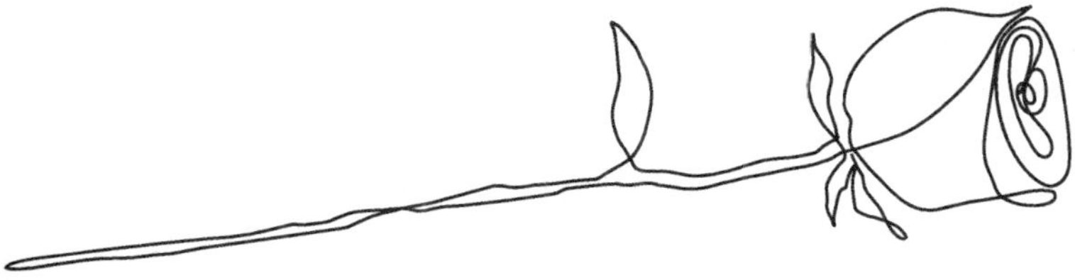

« J'ai beaucoup appris de la vie, mais le plus précieux est : la vie continue. »

- Brigitte Bardot

Tu as assez.

La reconnaissance est le sentiment que la vie est bonne comme elle est. Réjouis-toi de ce que tu as dans ta vie, plutôt que de penser à ce qu‘il te manque.

« Je pleurais, car je n‘avais pas de chaussures, jusqu‘à ce que je rencontre quelqu‘un qui n‘avait pas de pieds. »

- Helen Keller

On peut apprendre la reconnaissance.

La reconnaissance est une habitude,
que l'on peut apprendre,
en prenant conscience de son importance.

« C'est là que notre vie s'illumine, quand on apprend à remercier pour les plus petites choses. »
- Friedrich von Bodelschwingh

La reconnaissance rend heureux.

On pense toujours : si tout se passait comme on le voulait, nous serions heureux et la gratitude s'exprimerait d'elle-même.
Mais c'est l'inverse : la gratitude pour tout ce qu'on est et possède, rend heureux.

« Lui qui est insatisfait à un endroit, sera rarement plus heureux à un autre endroit. »

- Ésope

« N'oubliez pas -
il faut peu de choses pour
vivre heureux. »

- Marc Aurèle

La gratitude donne de la force.

Les sentiments agréables comme l'amour, la gratitude et la joie, ont une influence positive sur la santé et peuvent aussi, dans des périodes difficiles, produire une force incroyable.

« Celui qui a la paix dans l'âme, ne tracasse ni lui-même, ni personne d'autre. »

- Épicure

La gratitude est une joie de vivre.

Être reconnaissant, c'est profiter de ce que l'on a et se réjouir de ce qui est à venir.

« Découvrir de nouveaux mondes ne t'apportera pas seulement du bonheur et de la connaissance, il y aura aussi de la peur et du chagrin. Comment veux-tu chérir le bonheur, quand tu ne sais pas ce qu'est le chagrin ? Comment penses-tu recevoir de la connaissance, quand tu n'affrontes pas tes peurs ? En fin de compte, le plus grand défi de la vie est de dépasser ses propres limites et d'aller plus loin que tu ne l'aurais jamais imaginé. »

- Sergio Bambare

« Sois le changement que tu souhaites pour ce monde. »

- Mahatma Gandhi

Respirer profondément et penser positivement.

Que tout ne se passe pas bien, c'est normal. Le mieux que l'on puisse faire, quand les jours sont gris, c'est de leur trouver un point positif. Derrière chaque problème peut se cacher une nouvelle opportunité.

« Ce n'est pas ce que nous vivons, mais comment nous ressentons ce que nous vivons, qui détermine notre destin. »

- Marie von Ebner-Eschenbach

Chéris ce que tu possèdes, plutôt que de te plaindre de ce que tu n'as pas.

Un cœur ouvert et reconnaissant attire le bonheur comme un aimant.

« Le plus heureux est celui qui se contente de peu. »
- Diogène.

Je suis reconnaissant pour ma vie.

Je suis plein de reconnaissance et d'amour.

pour tout ce
que je possède.

Chapitre 4 :
La pleine conscience.

Prends le temps.

La pleine conscience est l'aperception du moment présent : les pensées, les émotions, les sensations, le processus physique et tout ce qui se passe autour de toi et qui tombe dans ta perception. Il n'y a pas de jugement en cas d'observation attentionnée. On discerne juste, sans catégoriser ni ordonner, sans classer selon le bon ou le mauvais.

« Seul le calme est la source de tout grand pouvoir. »
- Fjodor M. Dostojewski

Tout le monde peut être attentif et construire son attention au quotidien.

La pleine conscience, c'est comme la méditation des moines. Mais être attentif signifie bien plus. Si tu veux apporter plus de conscience dans ton quotidien et vivre plus consciencieusement, tu dois te libérer de tout poids.

« Tu ne peux pas arrêter les vagues, mais tu peux apprendre à surfer. »

- Jon Kabat-Zinn

Prends du temps pour toi.

Les années passent vite, pourtant nous vivons souvent comme si nous avions tout le temps du monde. Arrête-toi et regarde autour de toi. Réalises-tu le temps que tu as ? Et comment tu l'utilises ?

« On ne devrait jamais être si occupé qu'il ne nous reste plus de temps pour penser. »
- Georg Christoph Lichtenberg

« Regarde à l'intérieur ! Il y a une
source de bien là-dedans,
qui n'arrêtera jamais de bouillonner,
tant que tu n'arrêtes pas de creuser. »

- Marc Aurèle

S'épanouir ici et maintenant.

Prends le temps de profiter de la vie.
Amuse-toi bien avec ta famille, tes amis et les personnes qui te sont chères. Prends l'air frais dans le jardin, au parc ou au bord du lac. Balade-toi ou va au sauna.

« La conscience, c'est ouvrir les yeux et regarder l'autre comme si on ne l'avait jamais vu. Cela signifie : ne pas regarder quelqu'un seulement avec les yeux extérieurs, mais aussi avec les yeux du cœur. »

- Anselm Grün

Connais ta routine.

La douche, se laver les dents, savourer le café du matin et le petit déjeuner. Prends l'une de tes habitudes quotidiennes et célèbre-la consciencieusement et lentement. Comment te sens-tu ? Cela te fait du bien ou tu le fais seulement parce que tu y es habitué ?

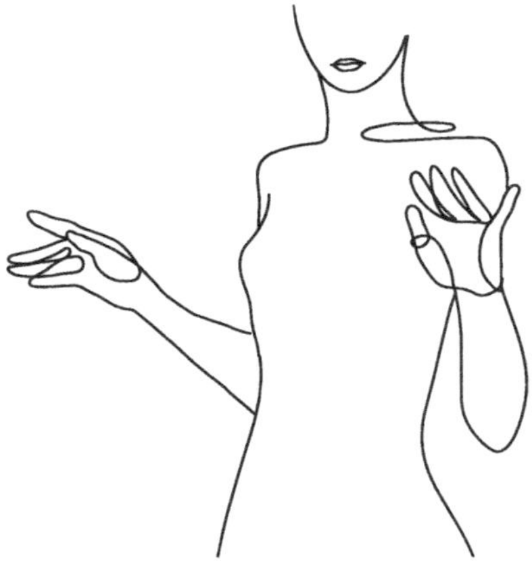

« Sentir les battements de son cœur ? Le calme à l'intérieur, le calme à l'extérieur. Apprendre à inspirer de nouveau. C'est ça. »

- Christian Morgenstern

Respire consciemment.

L'inspiration et l'expiration conscientes et profondes t'apaisent immédiatement et t'aident à te concentrer sur l'essentiel dans les situations de stress.

Essaie cet exercice de respiration.

Assis-toi ou allonge-toi confortablement et ferme les yeux. Respire et compte dans ta tête jusqu'à 4. Retiens ta respiration en comptant jusqu'à 3. Puis, tu expires en comptant jusqu'à 4. Répète l'exercice 10 fois. Comment te sens-tu à présent ?

« Une demi-heure de méditation est absolument nécessaire, sauf quand on est trop occupé, dans ce cas, on a besoin d'une heure entière. »

- François de Sales

Pas de multitâche.

Permets-toi de faire un pas après l'autre, plutôt que de faire le plus possible de choses à la fois. La pleine conscience signifie se concentrer avec toute son attention sur quelque chose.

« Il y a des choses plus importantes dans la vie que d'augmenter sa vitesse. »

- Mahatma Gandhi

« Le temps ne passe pas plus vite qu'avant, mais nous sommes plus pressés de passer devant lui. »

- George Orwell

« Peu importe à quel point tu marches lentement, tant que tu ne t'arrêtes pas. »

- Confucius

Fais-toi une routine matinale.

Prends du temps pour toi. Le matin, cela fonctionne particulièrement bien pour beaucoup d'entre nous. Lire, prier, méditer ou faire du sport. Pense à ce qui te fait du bien et trouve ta propre routine matinale.

« La méditation ne fait pas de nous quelqu'un d'autre, elle fait de nous ce que nous avons toujours été. »

- Carl Friedrich von Weizsäcker

Commences à tenir un journal.

Écris tout ce qui te passe par la tête. Peu importe ce que c'est. Peu importe la quantité. Hors de la tête signifie hors des pensées. Tu résous ainsi tes problèmes et t'ouvres en même temps à de nouvelles idées.

« Le bonheur de ta vie dépend de la nature de tes pensées. »

- Marc Aurèle

« Fais attention à tes pensées. Elles sont le début de tes actions. »

-Bouddha

« Accorde-toi un moment de repos et tu comprendras à quel point tu t'es précipité bêtement. Apprends à te taire et tu réaliseras que tu as trop parlé. Sois bienveillant et tu comprendras que ton jugement sur les autres a été trop dur. »

- Tschen Tschin

Concentre-toi.

Être attentif, c'est se concentrer sur soi-même ou sur une chose en particulier et ne pas avoir plusieurs choses en tête en même temps. L'attention apporte du calme au quotidien et aide à mieux gérer l'angoisse et le stress.

« Celui qui n'a jamais été hors de lui, n'ira jamais en lui. »

- Paul Heyse

La chance est partout.

Fais attention aux petits moments de bonheur de la vie. Les plus petits instants seront souvent tes plus beaux souvenirs.

« Si nous ne sommes pas vraiment nous-mêmes, en ce moment, nous ratons tout. »

- Thich Nhat Hanh

Choisis une vie respectueuse.

Pour vivre une vie de pleine conscience, tu n'as pas besoin de savoir-faire spécial, tu n'as pas besoin de trois heures de plus par jour, et tu peux commencer tout de suite. La seule chose dont tu as besoin, c'est d'une décision consciente d'être plus attentif au quotidien.

« Le bien suprême est l'harmonie de l'âme avec elle-même. »

- Sénèque

« Les hommes oublieront ce que tu as dit.

Les gens oublieront ce que tu as fait.

Mais les gens n'oublieront jamais

comment ils se sont sentis près de toi. »

- Maya Angelou

Se balader attentivement.

Une promenade à l'air frais est idéale quand tu veux te libérer d'idées négatives. Fais attention en marchant et prends conscience de tes impressions. Que vois-tu ? Sens-tu quelque chose ? Observe tes pas.

« Quand l'homme se repose, il agit. »
- Pétrarque

« Prends ton temps. Un champ qui pouvait se reposer donne une belle récolte. »
- Ovide

Je suis empli de calme et de paix.

Je vis consciemment
ici et maintenant.

Je vois le merveilleux
à chaque instant.

Épilogue.

J'espère que l'une ou l'autre de ces pensées aura atteint ton cœur et t'accompagnera sur le chemin de ta vie. Quoi qu'il arrive... N'oublie jamais que tu es unique, aimable et important pour ce monde, tel que tu es.

Puisse ce livre apporter un peu plus de légèreté dans ta vie. Nous devons arrêter de nous plaindre des choses et des gens. Car quand on se plaint tous les jours, comment peut-on rendre notre vie plus légère ? Tout ce qui nous arrive dans la vie est une chance de devenir plus fort. La vie est vécue en avant, et comprise en arrière.

Impression.

Pour les questions, les réactions et les suggestions :

hello@wupidupi.com

Parce que tu le vaux bien ! Un livre plein d'amour. Pour toi.

Delphine Auclair

ISBN: 9798426642294

1.Edition 2022

Autrice représentée par : Wupi Dupi FZ-LLC

Ras Al Khaimah, RAKEZ Business Zone-FZ,

Academic Zone01-Business Center 5/B12-208

Année de publication : 2022

Responsable de l'impression : Amazon

Printed in France by Amazon
Brétigny-sur-Orge, FR

12441946R00060